Die zu große Giraffe

Ein Kinderbuch darüber anders auszusehen,
in die Welt zu passen und seine Superpower zu finden

Christine Maier (Autor)
Aviva Brückner (Illustrator)

Widmung

Max, Lucas, Alex, und Matt

Bleibt immer anders!

Published by Author Academy Elite
PO Box 43, Powell, OH 43065

Identifiers:

Library of Congress Control Number: 2021903011
Paperback: 978-1-64746-722-7
Hardcover: 978-1-64746-723-4
E-book: 978-1-64746-724-1

Available in paperback, hardback, and E-book
TheChristineMaier.com

Savannah verabschiedet sich von ihrem Bruder, Forrest, und schreitet mit ihrer Mutter und ihrem Vater zur Schule.

Als Savannah den Klassenraum erreicht, lächelt sie zu ihren neuen Klassenkameraden Henry, Dawn und Addison herunter. Die anderen Giraffenkinder erwidern ihr Lächeln nicht. Anstelle dessen flüstern sie über Savannah.

"Hast du gesehen, wie groß sie ist?"

"Giraffenkälber sind nicht so groß."

"Glaubst du, dass Frau Zweig uns hereinlegen will?"

Am nächsten Tag versucht Savannah mit ihren Klassenkameraden zu spielen, aber sie sind nicht besonders nett zu ihr. Sie mochte es, so zu tun, als ob sie ein anderes Tier war, wenn sie das Spiel spielte, das sie am meisten liebte – Mikado.

"Du bist zu groß, um Mikado zu spielen."

"Ich möchte nicht mit Riesengiraffen spielen."

"Riesengiraffe, Riesengiraffe, Riesengiraffe."

Die Mutter bringt einen Hocker mit dessen Hilfe Forrest auf Savannahs Rücken klettern kann. Aber Savannah ist zu traurig, weil sie zu groß ist. Sie ist nicht mehr in der Stimmung zu spielen.

"Ich bin müde. Ich gehe besser und mache meine Hausaufgaben."

"Können wir dann später wieder spielen?"

Savannah gibt vor, krank zu sein, bis ihre Mutter sie zu Dr. Blatt bringt. Auf den ersten Blick kann er keine Symptome bei ihr erkennen und bittet sie deshalb als einen weiteren Test zu schnauben. Sie findet es gar nicht gut, wenn Dr. Blatt ihr mitteilt, dass sie das stärkste Schnauben hat, das er jemals gehört hat.

Eines Tages, auf dem Schulweg erblickt Savannah etwas, versteckt im Gras. Sie fragt die anderen Giraffen, ob sie sahen was sie sah. Sie sind nicht groß genug, um über die Hecke zu schauen.

Vor der Mittagspause kündigt Frau Zweig an, dass sich Löwen in der Gegend aufhalten. Die Schüler müssen ihr Mahl in einem anderen Schulhof finden. Sie sagt außerdem die Spielzeit ab, was die Schüler verärgert.

"Ich habe keine Löwen gesehen."

"Keine Spielzeit?"

"Ich wollte ein Nashorn sein, wenn wir heute Mikado spielen. Und jetzt kann ich das nicht."

Angekommen im neuen Schulhof rennt Savannah zu den grünsten, am saftigsten aussehenden Blättern und frißt. Nach einigen Bissen stellte sie fest, dass die anderen Giraffen die Blätter an den Bäumen nicht erreichen können.

"Ich hab Hunger."

"Du musst deine Zunge weiter herausstrecken."

"Ich komm nicht höher."

Ein Geräusch von außerhalb des Schulhofs unterbricht das Mahl der Giraffen. Savannah schaut durch eine Astgabel und sieht den gruseligsten Löwen.

Obwohl Savannah zu Tode erschrocken ist, erinnert sie sich an Frau Zweigs Lektion über Löwen. Sie schnaubt so laut wie sie kann, um die anderen Giraffen vor der lauernden Gefahr zu warnen. Als sie sehen, wie entsetzt sie ist, stürzen sie von dannen.

Savannah galloppiert so schnell sie kann nach Hause, besorgt darüber, dass sie nicht richtig geschnaubt haben könnte.

Savannah erzählt ihrer Mutter, was in der Schule passiert ist und wie besorgt sie ist, dass eines der anderen Kälber verletzt sein könnte.

"Wir werden morgen Gewissheit haben, wenn die anderen Kälber zu deiner Geburtstagsparty kommen."

"Nicht einer meiner Mitschüler wird kommen."

Am nächsten Tag wird Savannah vier. Sie bereitet sich darauf vor, den Tag mit ihrer Familie zu verbringen, gequält von Sorgen über ihre Mitschüler. Aber eins nach dem anderen kommen die Kälber für die Geburtstagsparty an Savannahs Haus an.

"Danke, dass du uns gestern vor den Löwen gewarnt hast."

"Wir haben Glück gehabt, dass du so groß bist und die Löwen sehen konntest."

"Alles Gute zum Geburtstag, Savannah."

HAPPY BIRTHDAY

Christine Maier

Christine Maier ist eine Autorin, Personal Coach und Rednerin, die Einzelpersonen und Organisationen hilft, Schwierigkeiten in Möglichkeiten umzuwandeln und deren Schönheit, ihren Sinn und die ihnen innewohnende Energie zu verstehen.

Christine hat Jahre damit zugebracht, zu glauben, dass eine Lippen-Kiefer-Gaumen-Spalte, eine Lernbehinderung und der Fakt, dass sie in jeder Gruppe die Kleinste war, sie in ihrer Entwicklung zurückhalten würde. Aber das Gegenteil war der Fall. Diese Hindernisse haben ihr gelehrt, dass das was uns auszeichnet die Grundlage dafür ist, unsere eigene Superpower zu verstehen.

Aviva Brueckner

Aviva Brückner ist eine Autorin und Künstlerin, die zu tiefst von ihrem Platz in der ersten Reihe bei einer friedlichen Revolution beeinflusst wurde. Geboren als Kind einer Israeli und eines Deutschen in Ostberlin schloss sie sich als 13-jährige den Straßenprotesten an, die ihr Land erschütterten, und stürzte die Mauer.

Avi hat das juristische Staatsexamen abgelegt, ist ausgebildete Physiotherapeutin und hat einen Abschluss in Graphikdesign. Sie hat in drei Ländern auf drei verschiedenen Kontinenten gelebt und viele mehr bereist, meist mit einem Taschengeldbudget. Sie ist eine stolze Aspie (Asperger Autistin).